SAINT GEORGE

INVOCATION — LÉGENDE

ÉPITRE CRITIQUE SUR L'INVOCATION

ET RÉPONSE.

ACTION DE GRACES A SAINT GEORGE

ET SES PRINCIPAUX MIRACLES

PAR

GEORGE BENOU

PARIS

TYPOGRAPHIE MORRIS PÈRE ET FILS

64, RUE AMELOT, 64

—

1875

SAINT GEORGE

SAINT GEORGE

INVOCATION — LÉGENDE

ÉPITRE CRITIQUE SUR L'INVOCATION

ET RÉPONSE.

ACTION DE GRACES A SAINT GEORGE

ET SES PRINCIPAUX MIRACLES

PAR

GEORGE BENOU

PARIS

TYPOGRAPHIE MORRIS PERE ET FILS

64, RUE AMELOT, 64

—

1875

AVANT-PROPOS

Saint George est le patron de la commune de Villeneuve, que j'habite depuis 1853 pendant six mois de l'année, que j'ai administrée comme maire pendant près de douze ans, et à laquelle je m'intéresse et m'intéresserai toujours.

Saint George est aussi mon patron. Voilà pourquoi, pendant ma maladie, pour me distraire, j'ai fait une invocation à mon saint patron, et j'ai raconté en vers sans prétention, en bouts rimés même si l'on veut, une légende connue dans le pays.

Ce petit travail sans importance était fait pour l'intimité et ne devait être connu que de la famille.

D'après les demandes qui m'étaient faites, et pour m'éviter les ennuis d'une copie, j'ai eu la mauvaise idée d'en faire lithographier quelques exemplaires.

Une des épreuves, non encore corrigée est, à ce qu'il paraît, tombée entre les mains d'un poëte qui, indigné de ma poésie, a, dans une épître satirique adressée à M. Koll, imprimeur lithographe à Villeneuve, critiqué sévèrement ma petite élucubration.

Un fait curieux, c'est que cette satire a été adressée par l'anonyme à des personnes qui, n'ayant pas connaissance de mon travail, ne comprenaient absolument rien à cet envoi.

Il est difficile de répondre à M***, qui se cache sous le nom de Saint George, et qui donne son adresse poste restante à Paris.

Pour être plus certain que ma réponse arrivera à l'adresse de cet être mystérieux et indiscret, et aussi pour prouver à lui comme à tout autre que je ne me cache nullement, je livre à l'impression ce que j'ai fait sur saint George.

Le Lecteur, trouvera donc dans cet opuscule :

1° L'invocation à saint George avec légende;

2° L'épître satirique telle qu'elle a été adressée ;

3° La réponse que j'ai faite ;

4° Enfin, une action de grâce à saint George, contenant la relation de ses principaux miracles.

J'ai pensé que ce petit travail pourrait être lu par quelques habitants de Villeneuve-Saint-George, qui doivent s'intéresser à tout ce qui concerne le saint sous le patronage duquel ils ont placé leur église et leur commune.

G. Benou.

Villeneuve-Saint-George, ce 20 novembre 1875.

INVOCATION

A SAINT GEORGE

LÉGENDE

Saint George, mon Patron, ô toi, qu'en vain j'invoque,
Là-haut, n'entends-tu pas ma prière et mes vœux?
Ce n'est pas bien qu'un grand saint comme toi se moque
D'un être comme moi, si triste et malheureux.
Voilà tantôt huit mois qu'en mon lit de souffrance,
J'endure avec courage, armé de patience,
Des maux par trop affreux et d'atroces douleurs
Sans faire entendre un cri.
Certains prédicateurs
Enseignent qu'il nous faut n'aimer rien sur la terre,
Et qu'être malheureux c'est une bonne affaire;
D'après leurs gais sermons, vraiment, ne puis-je pas
Prétendre aussi que j'ai ma bonne affaire, hélas?
Et mon Curé m'a dit: « Il faut savoir, cher frère,
» Souffrir, offrir à Dieu tous vos jours de misère,
» Puis imiter le saint prêt à vous accueillir;
» Alors vous rejoindrez là-haut ce grand martyr. »

***

J'admire ses conseils et je l'en remercie;
De saint George, ma foi, je sais par cœur la vie;
Oui, je sais qu'il était patron des armuriers,
Patron des laboureurs, et... patron des guerriers

Qui l'avaient affublé d'un surnom très-sonore,
Tel que Vexillifer (1) ou bien Tropéophore (2).
D'abord, pour imiter mon valeureux patron,
Il me faudrait trouver un farouche dragon,
Que je transpercerais d'un fameux coup de lance.
— Les dragons sont en Chine, on n'en voit pas en France.
Merci, mon cher Curé, malgré vos bons avis
Je ne puis imiter les saints du Paradis.
Forcé d'y renoncer, je parle d'autre chose,
Écoutez mon récit, je plaiderai ma cause.

*
* *

Vers douze cent vingt-cinq (je remonte un peu loin,
Mais pour mon plaidoyer, j'en ai vraiment besoin);
A cette époque donc, sur les rives d'un fleuve,
Existait un hameau surnommé Villeneuve.
Ce hameau jalousant les hameaux du canton,
A son seul nom voulut ajouter ton saint nom.
Villeneuve-Saint-George était né.
Dans l'église
Le Maire et le Curé, qu'un saint zèle électrise,
Émettent en commun un avis solennel:
Disent qu'ils placeront auprès du maître-autel
Une statue équestre, artistement sculptée
Par une main habile en tous pays vantée,
Dans un fort beau morceau de marbre le plus blanc.
Saint George! ah! mon patron! on t'honore à présent!

*
* *

Grâce aux soins du bedeau, les cloches affolées
Font retentir dans l'air leurs plus grandes volées;
Le chœur, garni de fleurs, devient resplendissant,
Les chants et la lumière ont un luxe écrasant.
Or, dans les alentours cela fit grand tapage,
Et chaque bourg voulut faire un pèlerinage.
Les gens de Villeneuve en étaient si joyeux
Qu'ils ne connaissaient plus d'autres saints dans les cieux.

Hélas! deux ans plus tard, on vit tourner la chance.

Par un froid rigoureux, une gelée intense

(1) Guide.
(2) Celui qui multiplie les Trophées.

Couvre tout le terroir d'un lugubre linceul
Et met les vignerons dans un terrible deuil.
Ils s'écrient en chœur : « Notre saint est indigne,
» Un saint sans pouvoir qui laisse geler la vigne !
» Il nous faut l'en punir, nous sommes tous bernés.
» Commençons donc, messieurs, par lui couper le nez,
» Et nous verrons plus tard ce que nous devons faire. »

Cependant les saisons ont leur cours ordinaire.

Ni les menaces, ni les blasphêmes sanglants
Ne purent rien changer à la marche du temps,
Les hivers revenaient ; puis à chaque gelée
Notre pauvre statue était écorniflée.
Tout disparaissait : yeux, pieds, mains, tout et si bien
Qu'au bout de quelque temps il n'en resta plus rien.
Que devint le cheval ? Hélas ! la pauvre bête,
Ainsi que notre saint, avait perdu la tête.

***

L'église se passa de son saint bien longtemps ;
C'était vraiment honteux. Des fidèles ardents
Achètent un saint George au moyen d'une quête,
L'installent à nouveau pour le jour de sa fête.
Ce n'était plus, hélas ! l'objet d'art d'autrefois ;
Non, la statue était tout simplement en bois.
Aux yeux des ignorants elle était plus jolie ;
Par la peinture à l'huile elle fut embellie :
On vit le manteau rouge et le casque argenté,
La lance tout en or, le dragon diamanté.
On fit, pour éviter de trop nombreux scandales,
Une chapelle ayant des peintures murales
(Couleur de l'arc-en-ciel) jusque dans l'entrevous ;
On la fit entourer de grilles et verrous.
Ce luxe, très-douteux, plaisait au bon vulgaire.

Cependant les saisons ont leur cours ordinaire,
Les hivers revenaient ; messieurs les vignerons
En accusaient saint George avec force jurons.
« Voyons, consultons-nous, quel parti faut-il prendre ?
» Dit l'un d'eux ; m'est avis, messieurs, qu'il faut le pendre. »

— « Tout doux, bons vignerons, ben sûr que j'agirai,
» Dit un vieux paysan, moi je le dépendrai ;
» J'voudrais vous empêcher de fair' cette bévue,
» C'est-y bêt', c'est-y sot de pendre une statue !
» Vous êtes des niais, des superstitieux ;
» Hein, vous rappelez-vous ce qu'ont fait vos aïeux ?
» Est-ce qu'ils ont pu changer l'ordre de la nature ?
» Ils ont seul'ment commis une grossière injure ;
» Croyez-vous qu'ils aient vu, dans leurs nombreux tonneaux,
» Au lieu de leur piquette, un bon vin de Bordeaux ?
» Mais non, ça n'a rien fait. »
Malgré tant d'éloquence,
Messieurs les vignerons rendent cette sentence :
« Saint George doit subir un supplice nouveau ;
» Il n'aime pas le vin, il faut le mettre à l'eau. »
Alors les vignerons s'acharnant de plus belle,
Accourent à l'église, enfoncent la chapelle
De saint George ; malgré les hauts cris du bedeau,
Placent sur un brancard leur précieux fardeau,
Triomphants et chantant, traversent Villeneuve,
Et saint George aussitôt est lancé dans le fleuve.
Il disparaît, remonte, et, nageant sur le dos,
Il suit tranquillement le mouvement des flots ;
— « Il se moque de nous, voilà qu'il fait la planche,
» S'il ne veut se noyer, prenons une revanche
» Disent les vignerons, en colère, aux abois. »
(Ils ne savent donc plus que le saint est en bois.)
Ces païens stupéfaits, voyant doubler leur rage,
Vont, les uns en bateau, les autres à la nage,
Rattrapent la statue, attachent un moellon
Solidement au cou ; crac, elle coule à fond.

*
* *

Tu n'auras pas, patron, perdu toute mémoire,
Tu sais que sans broder j'ai raconté l'histoire
Des scandaleux forfaits commis par nos aïeux ;
Dis-moi, t'en souviens-tu, t'en souviens-tu, mon vieux ?

*
* *

Depuis, moi, qu'ai-je fait ? moi, sans peur et sans honte,
Pour toi, j'ai fait couler une statue en fonte,
Et puis je l'ai placée, ainsi que ton dragon,

Sur le toit de l'église, au milieu du fronton,
Malgré tous les braillards qui voulaient faire esclandre
En voyant que si haut ils ne pourraient te prendre.
— Ce n'est pas tout encor, mais mille choses d'art
En entrant dans l'église attirent le regard :
Les voûtes en ogive, un tableau de grand maître ;
Au fond du sanctuaire, une grande fenêtre
Où se trouve saint George en un vaste vitrail,
Aux vivantes couleurs et d'un très-beau travail.
Pourtant, j'eus à subir une critique amère,
Car, dans ce beau vitrail, ton cheval légendaire
Qui devait être blanc, était un cheval noir.
Sans faire à la légende une très-grave injure,
J'ai cru que je pouvais bien changer ta monture,
Qui vieillissait beaucoup sans t'en apercevoir.

*
* *

Maintenant, cher patron, si mes maux, ma souffrance,
Ce que j'ai fait pour toi, méritent récompense,
Tâche de m'en donner quelque bribe ici-bas,
Et le surplus, patron, là haut, quand tu voudras ;
Mais pas trop tôt, pourtant. Ah ! que rien ne te presse.
Alors on entendra mille cris d'allégresse
Poussés par tous, par moi, mes parents, mes amis ;
Autrement ce serait mille *de Profundis*.

6 juin 1875.

Jour anniversaire de la naissance de l'auteur (6 juin 1803).

ÉPITRE

A. MONSIEUR E. KOLL

ÉPITRE

A MONSIEUR E. KOLL, IMPRIMEUR

A VILLENEUVE-SAINT-GEORGES

Mauvais vers et sermons croqués
Ai-je tort si je vous méprise?
V.

Je suis, Monsieur, le Bienheureux Saint George
Qui triomphai de l'infernal dragon
Quand, écrasé sous mon puissant talon,
Je lui plongeai ma lance dans la gorge;
Et c'est ainsi qu'on me pourtraict toujours.
Pour ce haut fait distingué par le Prince,
Je fus nommé gouverneur de province;
Le noir Satan, aux infernaux séjours,
En devint fou de colère et de rage,
Et, pour abattre un serviteur de DIEU,
Il mit en œuvre et le fer et le feu
Et l'univers ruissela de carnage.
Mais je sortis vainqueur de ce combat : (1)
DIEU m'accorda la palme du martyre
Et m'accueillit dans son céleste empire,
Pour y veiller comme un vaillant soldat;
Et mon renom s'étendit sur la Terre
Où je devins le patron des guerriers;
Puis, vous savez les honneurs singuliers

(1) Sors vainqueur d'un combat dont Chimène est le prix (*Le Cid*, CORNEILLE).

Qu'on m'accorda dans la vieille Angleterre.
| é Votre hameau, sur mon compte édifié,
| ð Jaloux aussi d'un puissant patronnage,
Fit ajouter, à son nom de village,
| é Par un édit, mon nom privilégié.

Si j'ai, céans, reproduit mon histoire,
Non, ce n'est point, Monsieur, par vanité;
Mais, quoique Saint, j'ai pourtant ma fierté
Et ne veux pas qu'on ravale ma gloire,
Ma gloire acquise au prix d'un dur labeur.
Pour sa croyance, ah! quand on meurt victime,
On est toujours noble et grand et sublime,
| ê Même en dépit du vulgaire rimeur
Et du fatras de ses bouffonneries,
| à Bonnes au plus à mettre au cabinet. (1)
Quoi de plus plat, de plus triste en effet
Que ce torrent de goguenarderies
Qu'on voit rouler en ses vers clopinants?
| - L'esprit gaulois meurt|il de maladie?
| à | ê On ne croît plus même à la prosodie,
| ð Témoins (2) ces vers, par trop ébouriffants,
Qu'on ne saurait répéter sans torture:

Aussi | d'après | leurs gais | sermons | vraiment | ne puis | je pas
Prétendre que j'ai ma || bonne affaire ici bas.

L'un a sept pieds et l'autre est sans césure!
Puis admirez quelle variété:

Enfin pour éviter de trop nombreux scandales (3)
On fit | une | chapelle | avec | peintu | res mu | rales.

---

(1) ORESTE.
Mais, ne puis-je savoir ce qu'à dans mon sonnet...
ALCESTE.
Franchement, il est bon à mettre au cabinet.
MOLIÈRE (*Misanthrope*).

(2) Témoins ces vers. Il ne faut pas d'*s* à témoin.
Le *Dictionnaire de l'Académie* dit : Témoin s'emploie adverbialement au commencement d'une phrase et se dit d'une chose qui sert à prouver ce qu'on vient d'avancer :
Il est brave : témoin ces blessures... Témoin ces deux mâtins.
(LA FONTAINE).

(3) En effet, ces vers indiqués contenaient les fautes signalées, mais dans la première épreuve seulement. Elles ont été corrigées de suite à la main, parce que M. Koll avait brisé ou effacé la pierre.

Pour ce dernier, il n'a, tout bien compté,
Qu'une syllabe en sus de la douzaine ! !
Mais quand on lit : *t'en souviens tu mon Vieux ?*
Oh ! par instinct, vite on ferme les yeux,
Pour ne plus voir cette bourbe malsaine.

Il est osé ce plaisant fanfaron
| î Lorsqu'il prétend connaître bien ma vie ;
Moi au (1) rebours et je n'ai nulle envie
D'en dire autant, ni de savoir son nom.
Dans son écrit, privé de signature,
Il se tient coi sous un voile discret :
Respectons donc l'anonyme secret
Dont il a su se faire une parure
Mais vous, Monsieur, qui (2) avez édité
Ses bouts rimés, sa légende fantasque,
Vous, Monsieur Koll, vous connaissez le masque :
| - Dites lui donc, au moins par charité,
| à Qu'à tout le monde il est permis d'écrire ;
Mais qu'un auteur qui se fait imprimer (3)
Donne au Public le droit de le siffler
| à Lorsque sa Muse, en boitant, prête à rire.
| à Adieu, Monsieur, rien de plus à vous dire.
Vivez en paix et satisfaction,
| é | é Et recevez ma bénédiction.

SAINT GEORGE,
Bienheureux et martyr.

Poste restante à Paris. 1er octobre 1875.

GUTENBERG, imprimeur du *Paradis.*

(1) *Hiatus.*
(2) Hiatus (second hiatus).
(3) L'auteur ne s'était pas fait imprimer, mais seulement autographier, ce qui est moins prétentieux.

RÉPONSE

A L'ÉPITRE ADRESSÉE

A

M. KOLL, IMPRIMEUR A VILLENEUVE-SAINT-GEORGE.

D'où vient donc ce papier qu'un inconnu m'adresse?
En le lisant, je sens mon cœur plein de tristesse.
Ce libelle imprimé, dit-on, au Paradis,
M'arrive par la poste au timbre de Paris!
Je n'en crois pas mes yeux. — Je lis pour signature :
Saint George le Martyr; quelle est cette imposture ?

. . . .

Toi, Saint George, mon Saint, mon excellent patron,
Toi, qui fus jusqu'alors si généreux, si bon,
Tu voudrais aujourd'hui m'enlever ton estime ?
T'adresser quelques vers serait donc un grand crime ?
Quoi! tu me traiterais de *plaisant fanfaron ?*
Quelqu'un, j'en suis certain, abuse de ton nom;
Toi, tu m'accuserais de goguenarderies
Et tu te fâcherais de mes bouffonneries?
Puis tu dirais que moi, sous un voile discret,
Je garde, en me cachant, l'anonyme secret.
Ah! vraiment, c'est trop fort, mais il faut que j'en rie ;
Toi, saint, tu ne sais pas qui t'invoque et te prie?
Quoi! mon ange gardien qui me suit pas à pas
Ignore qui je suis? Cela ne se peut pas.

Elle n'est pas de toi, cétte méchante épître.
L'auteur, mal embouché, sans doute est un bélître;
En lâchant ses gros mots, quel but a-t-il atteint?
Pense-t-on qu'ils sortent de la bouche d'un saint?

*
* *

Quel que soit ce rimeur, je voudrais le connaître,
Car, en fait de critique, il n'est pas encor maître.
Il faut, pour se moquer, critiquer sûrement;
Il faut d'abord savoir par cœur son rudiment.
Cet imprimé qui n'est, en fait, qu'un autographe,
Fourmille à chaque mot de fautes d'orthographe.
Du temps de Gutenberg, c'était peut-être ainsi;
Nous sommes, de nos jours, en progrès, Dieu merci.
Aux noms propres il faut des lettres majuscules;
Dans les phrases, toujours des points et des virgules;
Sur certains mots on doit bien placer les accents,
Ou, de ce qu'on veut dire, on altère le sens.

Pour ce mauvais rimeur, fournisseur de chevilles,
Toutes ces fautes-là ce sont des peccadilles.
Quel barbarisme affreux pour tant de vanité!
Il dit « moi » au rebours « que » avez édité.
L'E muet seul s'élide avec d'autres voyelles,
Celles-ci, dans les vers, s'entrechoquent entr'elles,
Et donnent, pour l'oreille et pour les yeux en plus,
Un très-long bâillement qu'on nomme un hiatus.
Quand on se sent atteint, monsieur, de pédantisme,
Il faut bien se garder de faire un barbarisme;
Écoutez cet auteur qui pour vous est nouveau,
C'est notre maître à tous, écoutez donc Boileau:
« Gardez qu'une voyelle, à courir trop hâtée,
» Ne soit d'une voyelle en son chemin heurtée. »

*
* *

Quand on pille un auteur, vous devez le savoir,
De rappeler son nom on se fait un devoir.
Votre conscience est de beaucoup trop légère,
Et sans scrupule aucun, vous, vous pillez Molière :
« Tels vers sont bons à mettre en un certain réduit, »
Par Alceste ce mot avant vous était dit.

*
* *

Prudemment je m'arrête et ne veux plus rien dire,
Je pourrais m'attirer encore une satire.
Ce n'est pas que j'en veuille à ce savant auteur ;
On ne critique pas une œuvre sans valeur.

*
* *

De n'avoir pas signé puisqu'il me fait un crime,
Coment ce puritain, pour garder l'anonyme,
Ose-t-il par un faux, en vaillant fanfaron,
Sans honte, d'un grand saint s'emparer du saint nom?

*
* *

Adieu, monsieur sans nom, vous qui signez Saint George,
Vos affreux hiatus m'ont fait mal à la gorge;
Adieu, monsieur, malgré vos bénédictions
Je ne vous offre pas mes salutations.

G. BENOU.

15 octobre 1875.

ACTION DE GRACES

A SAINT GEORGE

SES PRINCIPAUX MIRACLES

« Passer du grave au doux, du plaisant au sévère. »
BOILEAU.

Et *Deo gratias* et *gratias tibi*,
Saint George, mon patron. Je le proclame, *urbi*
Et orbi : c'est toi qui, surmontant tout obstacle,
Devais, en ma faveur, faire un nouveau miracle.

I

Depuis huit mois, j'étais et fiévreux et souffrant;
Mes membres engourdis me rendaient impotent;
Nonchalamment couché sur mon lit de misère,
Je t'invoquai de cœur, je te fis ma prière;
Et voilà qu'aussitôt je fus ressuscité.
Ma guérison n'est pas due à la Faculté.
Oh! non; la Faculté, sur mon corps trop débile,
Essayait, chaque jour, un remède inutile ;
Mes docteurs déroutés virent avec chagrin
Que sur mon mal étrange ils perdaient leur latin!
Ma guérison est due à toi; mais je réclame
Pour ma garde-malade... Oh! l'excellente femme!
Sans cesse auprès de moi; quand elle me quittait,

Évitant mon regard, en pleurs elle priait.
Au moindre espoir de mieux, son âme était ravie.
Pour bien apprécier tout le prix de la vie,
Il faut que de ses jours une autre âme ait besoin.
Tu sais, patron, de moi combien elle a pris soin!
Je puis donc affirmer, sans être un grand oracle,
Que ma femme a sa part dans cet heureux miracle.

*
* *

Des miracles! j'en trouve à ton compte-courant,
Toi vivant ou toi mort, un stock étourdissant.
Permets-moi d'en tracer quelques-uns de mémoire;
Dans des savants auteurs j'ai fouillé ton histoire;
Pardonne-moi surtout si mon style est parfois
Non moqueur, mais plaisant; c'est le style gaulois.

II

Négligeons la Lydie, allons en Cappadoce.
Là régnait un César, tyran d'humeur féroce :
Dioclétien, grand et puissant empereur,
Qui, d'abord des chrétiens se fit le protecteur,
Puis devint le soutien fervent du paganisme,
Et fit persécuter, de par son despotisme,
Les fidèles chrétiens qui, soutenant leur foi,
D'adorer un seul Dieu se faisaient une loi.

*
* *

Saint George, grand martyr, quel était donc ton crime,
Pour être du païen la première victime?
Toi qui fus, jeune encore, au faîte des honneurs,
Poussé par ton mérite au rang des sénateurs?
Tu méprisais tout haut les croyances païennes;
Exalté pour ton Dieu, tu vantais trop les tiennes:
Tu bravais l'empereur; et prêchant en tous lieux,
Contre sa volonté, tu brisais ses faux dieux;
Tu voulais chez son peuple abolir l'ignorance.
Aussi, pour te punir de pareille insolence,

Par son ordre, à l'instant, tu fus mis en prison,
Les fers aux mains ; tu fus abreuvé de poison ;
De ses simples soldats tu recevais l'injure ;
Ils te rouaient de coups, souffletaient ta figure ;
Ils blasphémaient..... et plus on te faisait souffrir,
Plus tu remerciais Dieu de te rendre martyr.

Le saint, dont la belle âme était bien affermie,
Méprisait cet amas d'horreur et d'infamie.
Par l'exemple il voulait, en détruisant l'erreur,
Amener l'hérétique au culte du Seigneur :

Un jour, un laboureur, qui se nommait Glycère,
(Mais, du reste, le nom ne fait rien à l'affaire)
Vient à George, et lui dit : « Je suis bien malheureux.
» Je possédais deux bœufs jeunes et vigoureux ;
» Mais l'un, comme frappé par un coup de massue,
» Est tombé raide mort en tirant la charrue.
» Me voilà donc ruiné ; les deux formaient mon bien.
» Que vais-je devenir ? un seul n'est bon à rien
» Pour tracer un sillon dans ces mauvaises terres.
« — Renonces-tu, païen, à la foi de tes pères ?
» — Oui, pour ravoir mon bœuf. »
Le saint se prosterna,
Fit une prière, et... le bœuf ressuscita...

III

Ce miracle entraîna nombre de prosélytes.
De saint George dès lors on vantait les mérites.
Mais les puissants du jour, qui ne croyaient à rien,
Le traitaient d'imposteur et de magicien.
Il fut donc condamné pour crime d'imposture,
Reconduit en prison, puis mis à la torture.

*
* *

Lors, Dioclétien se trouvait indigné
De ces événements. Pour être renseigné
Il mande près de lui ce personnage étrange
Qui supporte, en chantant de son Dieu la louange,
Les châtiments affreux et leurs horribles maux.
Plus courageux encor que ses cruels bourreaux ;

Cet homme, disait-il, que rien ne peut séduire,
Auquel j'avais offert tous les biens de l'empire,
Qui serait devenu par mon concours loyal
Le second de moi-même et presque mon égal.

*
* *

Un jeune chevalier, à la noble figure,
Élégamment couvert d'une brillante armure,
Accourt chez l'empereur... C'est George le martyr.
« J'ai, dit-il, avant tout, un devoir à remplir.
» A vos conditions qui me sont imposées,
» Je réponds hautement qu'elles sont repoussées :
» Adorer vos faux dieux...! moi, devenir païen!
» Non, non, jamais; je suis trop fier d'être chrétien.
» Cachez vos monceaux d'or; retirez vos largesses;
» Reprenez vos honneurs, et gardez vos richesses;
» Tous les biens d'ici-bas m'ont toujours fait horreur :
» J'aspire aux biens du ciel promis par le Seigneur.
» Selon votre désir, pourtant, sans plus attendre,
» Au temple d'Apollon je consens à me rendre. »
Aussitôt l'empereur convoque le sénat,
Réunit sa garde et... les grands corps de l'État.
Tous, et les prêtres grecs entraînés par l'exemple,
Psalmodiant leur hymne, arrivent dans le temple.
George, d'un air railleur plutôt que solennel,
S'avance en souriant jusqu'au pied de l'autel.
Loin de sacrifier aux dieux que l'on adore,
Il prononce ces mots d'une voix très-sonore :
« Apollon es-tu Dieu? — Je ne suis pas Dieu, non.
« — Alors qui donc es tu? — Moi, je suis le Démon.
« — Mais pourquoi simuler ici l'Être-Suprême
» Et joindre à tes forfaits un infâme blasphême?
» Quels sont les imposteurs qu'on adore en ces lieux?
» Démons, vous ne serez jamais que des faux dieux. »
Le saint fit sa prière; aussitôt les statues
Dans le temple, à la fois, sont toutes abattues,
Toutes croulent à terre et volent en éclats.

IV

Le tumulte est affreux : public, prêtres, soldats

Sont frappés de terreur. Cette foule s'écrie :
A mort, George ! à mort, l'homme à la sorcellerie !
« Taisez-vous, impudents, dit George, avec fierté ;
» Faites au moins l'aveu de votre nullité.
» Ils sont muets, vos dieux ; il se tait, votre oracle ;
» Croyez... et soyez tous témoins de ce miracle :
» Je prédis qu'à l'instant : *Le fougueux aquilon*
» *Souffle avec fureur sur le temple d'Apollon,*
» *Des nuages épais en masse s'échelonnent ;*
» *Dans le ciel tout en feu, de longs éclairs sillonnent,*
» *La foudre éclate enfin... Le temple de vos dieux*
» *S'écroule avec fracas et brûle sous vos yeux.* »
A peine a-t-il parlé, que la foule en délire
Voit s'abattre les maux qu'on venait de prédire.
Le temple, par le feu, par la foudre investi,
S'enflamme, tombe, puis... tout est anéanti.

V

Pour conjurer enfin un pareil maléfice,
On rechercha longtemps le plus cruel supplice.
Par ordre impérial, notre saint est jeté
Dans un brasier ardent, sans cesse alimenté.
Au bout de dix jours pleins, il sort de la fournaise
Ni brûlé, ni rôti, sans le moindre malaise.
. . . .
C'est un bien grand miracle ! et ce n'est pas le seul.
Écoutez ce vieillard sorti de son linceul :

VI

L'empereur que jamais rien n'émeut ni déroute,
Sur ce qui se passait conservait quelque doute ;
Il fit encor venir saint George auprès de lui.
D'un air digne et sévère, il lui dit : « — Aujourd'hui,
» Moi, je veux te punir de ta fière arrogance.
« — Parce que de vos dieux j'ai prouvé l'impuissance ?

« — Eh bien! prouve-moi donc la puissance du tien.
« — Pour cela que faut-il, incrédule païen?
« — Tu vois bien ce tombeau tout recouvert de mousse
» Et de lierre grimpant, tout auprès duquel pousse
» Ce sycomore... Il faut que parmi les vivants
» Apparaisse ici l'homme enterré là-dedans. »
George tombe à genoux, commence une prière,
Et le mort souleva cette lugubre pierre.
Mais Dioclétien n'en croyait pas ses yeux :...
« Depuis quand es-tu mort? dit-il, réponds, mon vieux.
« — Je fus enterré, si j'ai bonne souvenance,
» Au moins cent ans avant de Jésus la naissance;
» En comptant sur mes doigts, çà fait quatre cents ans.
» Aussi, quand on est mort, c'est, dit-on, pour longtemps.
« — Ah! mais, dit l'empereur, quel parti vas-tu prendre
» Envers tes héritiers pour les forcer à rendre
» Les biens par toi laissés suivant ton testament?
« — Je n'ai pas pu prévoir de si loin en mourant.
« — C'est vrai, ma demande est tant soit peu curieuse.
« Ce vieux qu'on ressuscite est chose merveilleuse,
» Dit à part l'empereur; et je crois fermement
» Que nos divinités n'en pourraient faire autant.
» Mais de cet entêté je ne sais plus que faire ;
» Il possède vraiment un mauvais caractère;
» Quand on est empereur, on doit avoir raison.
» Puisque ce gaillard-là ne craint ni la prison,
» Ni le feu, ni le fer... et qu'il est malhonnête
» Envers nous tous... Il faut qu'on lui tranche la tête.
» Nous verrons s'il pourra, comme feu saint Denis,
» Dans ses mains la porter jusque dans son pays. »

. . . .

Donc en l'an trois cent trois de notre ère nouvelle,
George rendit à Dieu son âme grande et belle.

*
* *

Mais quand on est un saint, on ne peut avoir tort,
Les miracles se font très-bien après la mort.
Nous pouvons donc choisir deux exemples sur mille.
Pour bien les raconter, tâchons d'avoir du style.

VII

En douze cent et tant, régnait en Allemagne
Un digne successeur du grand saint Charlemagne,
Frédéric Barberousse, empereur très-chrétien,
De la foi catholique, un éminent soutien,
D'un caractère calme et d'humeur pacifique.
Il parlait rarement ou fort peu politique,
Gouvernait, sans soucis, ses paisibles Etats;
Il était donc le plus heureux des potentats.
Un jour, un mécréant, roi de Lycaonie,
Accusé par les siens d'actes de tyrannie,
Sans aucune raison, sans motif apparent,
Vint déclarer la guerre à l'empire allemand.
Il voulut envahir, certain de la victoire,
Par sa nombreuse armée, un vaste territoire.
En effet, il comptait présents sous ses drapeaux,
Trente mille soldats, trente mille chevaux.

Quant à notre empereur (l'histoire le rapporte),
Il n'avait avec lui qu'une faible cohorte;
Son armée, en entier, comptait sept cents chevaux,
Et sept cents hommes, mais c'étaient sept cents héros.
Sans peine il rassembla cette trop faible armée,
Aux triomphes partout sans cesse accoutumée :
« Soldats, dit-il, par nos impudents ennemis,
» De tous côtés déjà nous sommes investis;
» Les voilà près de nous, écoutez leurs fanfares.
» Mais, courage, soldats, de ces hordes barbares
» Méprisez la fureur, ne craignez pas les coups;
» Saint George, dans nos rangs, vient combattre avec nous. »
L'empereur, du grand saint, arbore la bannière;
Aussitôt l'ennemi se replie en arrière;
Quinze mille chevaux, quinze mille soldats,
En un instant sont mis dehors de tous combats.
Les autres quinze mille, en déroute subite,
Prennent au grand galop une honteuse fuite.

*
* *

Barberousse est vainqueur! il lui fallut dès lors
Constater avec soin le nombre de ses morts.
En comptant chaque rang, il lui manquait en somme,
Après un tel carnage... un cheval, puis... un homme.
Le cheval, trop fourbu, de vieillesse était mort;
L'homme, par maladie, avait eu même sort.

*
* *

Que n'avons-nous, un jour, ô patron des guerriers,
Porté vers toi nos vœux et notre confiance?
Bien des hontes, des maux, des combats meurtriers
Se trouvaient épargnés à notre pauvre France.

*
* *

Nous venons de le voir; qui, de très-bonne foi,
Implore ton secours, est protégé par toi.
Maintenant, prouvons par un fait non équivoque,
Qu'aussi tu sais punir l'insolent qui se moque.

VIII

Dans un certain pays où l'on adorait Dieu,
Sur un mont s'élevait l'église de Beaulieu.
En l'honneur de saint George, un érudit bourgmestre,
Avait fait fabriquer une statue équestre;
Les habitants l'avaient en vénération
Et s'adressaient au saint en mainte occasion.
Un jour qu'ils assistaient au divin sacrifice,
Qu'ils remerciaient Dieu d'être à leurs vœux propice,
Un nommé Corrival, libre-penseur d'alors,
Un rustre campagnard, sans crainte et sans remords,
N'ayant aucuns égards pour ces gens en prière,
De son bras vigoureux jette une énorme pierre
Sur la statue... et v'lan, il attrappe l'œil droit.
Corrival, en riant, admirait son exploit,
Quand la statue alors vers l'insolent s'avance,
Puis d'un air menaçant elle brandit sa lance,

Vise et pique... v'lan, v'lan, juste dans les deux yeux.
Le fait est avéré ; mais le plus curieux,
C'est que l'historien — plein d'esprit — insinue
Qu'en perdant les deux yeux l'homme a perdu la vue.

*
* *

Saint George, ta statue, en un autre pays,
Était traitée avec un semblable mépris.
A ta place, au pays qu'on nomme Villeneuve,
De mon pouvoir secret j'aurais donné la preuve.
Là, tous les vignerons, qui sont gens inhumains,
Te coupaient chaque jour, le nez... les pieds... les mains.
La patience, enfin, bien malgré soi se lasse.
Pas plus qu'à Corrival, moi, je n'aurais fait grâce.
Vois-tu les vignerons, fortement étonnés
De se trouver un jour dépourvus de leurs nez ?

*
* *

Cher patron, tu le sais, je n'ai pas l'âme fière,
Pourquoi t'ai-je adressé ma très-humble prière?
C'est que, par ton seul mot, le bœuf ressuscita :
Je croyais bien valoir ce gros animal-là !...

15 août 1875.

5-3561 Paris. — Typographie Moris Père et Fils, rue Amelot, 64.

www.ingramcontent.com/pod-product-compliance
Ingram Content Group UK Ltd.
Pitfield, Milton Keynes, MK11 3LW, UK
UKHW021040220726
13924UKWH00001B/441